thaise nardim

é professora, pesquisadora, *performer*, poeta. Insiste nos quatro pês na Universidade Federal do Tocantins, em Palmas. Graduou-se, mestrou-se e doutorou-se em Artes Cênicas na UNICAMP e agora estuda Política e Gestão Educacional. Colaborou na organização do Festival de Apartamento (SP) e hoje é membra do Coletivo Flácido (TO). Escreveu *Rabiscar língua com caco de floresta — escrever e performar em pesquisa-docência-criação* (EDUFT) e outros escritos acadêmicos que se disfarçam de poesia (ou o contrário).

ARANHAS PENSAM COM A TEIA

thaise nardim

editora Urutau
primeira edição
2022

O —

editora Urutau

rua do cajú, 478,
jardim das cerejeiras
06724-015
cotia-sp (brasil)

rua manuel pacheco nobre, 128 - 5º esquerdo
2830-080
barreiro (setúbal)
portugal

[+351] 928053619 [portugal]
[+55] 11 9 4859 2 426 [brasil]

www.editoraurutau.com.br
contato@editoraurutau.com.br

[EDITORA]
debora ribeiro rendelli
[REVISÃO]
juliana palermo
[PROJETO GRÁFICO]
wladimir vaz
[COORDENAÇÃO GRÁFICA]
tiago fabris rendelli
[DIAGRAMAÇÃO]
victor h. azevedo
[CAPA]
victor h. azevedo, sobre fotografia de kris møklebust

dados internacionais de catalogação na publicação (CIP) de acordo com ISBD

nardim, thaíse
N223a aranhas pensam com a teia / thaíse nardim. - cotia : urutau, 2022. 52 p. ;
14cm x 19,5cm.

ISBN: 978-65-5900-351-8

1. literatura brasileira. 2. poesia. I. título.

2022-3217 CDD 869.1
CDU 821.134.3(81)-1

elaborado por odilio hilario moreira junior - CRB-8/9949

sumário

A vida da escrita não tem semelhante — é uma vida musical em que descubro os rostos; é uma vida vegetal em que descubro o Apocalipse..

Maria Gabriela Llansol

Interpretose

Tenho as pintas quebrando a monotonia da pele
e elas não significam nada até que sejam tumor

Mesmo se ligamos, pilantras, pontos em desenhos
constelam ignóbeis: somente ameaça genética

Mas queremos vê-las oráculo, sinal natal
do que ao longo foi feito, do que já transparece

Sem apoio dos mapas nem tradução necessária
neste todo insuspeito, acima e abaixo da casca

Sinais tal personas, a constelarem papéis (fúteis)
— trinta e sete anos ou mais de raios solares

Performance

Ontem
agachei-me para mijar sobre a terra
A mistura quente não tinha o cheiro, o mesmo
de quando a chuva vem

Com as duas mãos, amassei e amassei
aquela pasta
pedindo a ela presença,
àquela pasta granulosa,
quem sabe transmutá-la em algo que
exalasse o cheiro
o mesmo
de quando vem a chuva

Ontem
pensei
sobre muitas coisas:

1) A necessidade de contar um a um o quanto dura, em segundos, cada inspiração e cada expiração;

2) A necessidade de espremer folhas suculentas entre os dedos e ouvir o som que essa ação produz;

3) A necessidade de pôr no mundo poemas cujas imagens não são mais que restolhos de coiselhas jamais levadas às suas últimas consequências etc. e tal

Eu estava muito distante então
friccionei a pasta granulosa entre as mãos
e a esfreguei insistentemente sobre
a pele dos meus braços

1822, 1972, 2022

Sumiram mesmo os nomes de todas as ruas
do Google Maps como da memória do Funes
ou do meu pai,
das cartas empilhadas em armazéns da ECT —
agora um corpo muito mais coeso de papel e contas
que não se sabe como serão pagas

Ditadores sumiram e também os pequenos heróis
locais, ilustres desconhecidos,
notáveis de certa religião e,
do Ipiranga,
personagens e efemérides de uma independência
quiçá mais independente agora

Caminho para refazer nosso antigo percurso
from heart
tenho o peito ainda mais aberto a
todo o som e cor e cheiro
que desaparecer amanhã

Pesquisas não conseguem prever o retorno dos nomes
mas eu, se fecho os olhos enquanto ando,
vejo um,

um traço de nome,
talvez Silva
o que pode significar alguma coisa ou,
bem,
absolutamente nada

Abro os olhos com força na expectativa de que
em se renomeando as ruas
que seja eu a fazê-lo
com nomes novos trazidos de canções,
nomes de canções —
o bairro como um disco

Agora estou descendo a ladeira Movimento dos Barcos
rumo à Avenida Mal Secreto
mas, ao contrário do que fez o Jards,
corro, corro, choro e às vezes até mesmo converso
"Se você pudesse escolher o nome desta rua, senhora,
qual seria, senhora?"

Se eu pudesse,
seria pé ante pé
seria passo, passo, passo
segundo sobre segundo
temporal caindo

Suportar a vida como se suporta uma cidade de ruas sem nome
sustentar a vida como se sustenta uma cidade de ruas sem nome
desenhar canções com os nomes e com tudo o que alguém lembrar

Conversa

Isto aqui é uma conversa
Alguns séculos depois
uma conversa
Alguns séculos depois
uma festa
Alguns séculos depois
uma linha no horizonte
uma sucessão de pontos
ponto
numa escavação

Uma conversa
alguns milênios
um pai, uma mãe
uma curva
uma serra

Uma conversa

Isto aqui é uma conversa
Alguns séculos depois
uma conversa
Alguns séculos depois

uma guerra
Alguns séculos depois
uma linha no horizonte
uma sucessão de pontos
ponto
numa escavação

Uma conversa
alguns milênios
um pai, uma mãe
uma curva
uma serra
uma brecha

Uma conversa

Isto aqui é uma conversa
Alguns séculos depois
uma conversa
Alguns séculos depois
uma festa
Alguns séculos depois
uma linha no horizonte
uma sucessão de pontos
ponto
numa exclamação

Uma conversa
alguns milênios

um pai, uma mãe
uma curva
uma serra
respiro

Uma conversa

Inacreditavelmente disfuncional

Nome de uma peça:
A beleza fantástica das (artistas?) inacreditavelmente disfuncionais

A beleza fantástica do que é inacreditavelmente disfuncional

Beleza fantástica do inacreditavelmente disfuncional —
mas pessoas, mulheres

Ela tem jardim...
Jardins bonitos...
Poemas bonitos...
É leve, suave, é lindo e dá esperança
Acaba?
Acaba logo

A doce beleza insuspeita do inacreditavelmente disfuncional
É doce e é insuspeita e é beleza é tanta coisa
inacreditável e disfuncional
é artista ela

A doce beleza insuspeita da artista inacreditavelmente disfuncional
UMA FORÇA DA NATUREZA ela
mas delicadinha

inacreditavelmente bela
doce suave bonita sedosa insuspeita inenarrável diáfana
diáfana
fica feia
mas não precisamos mencionar

A doce beleza insuspeita da artista (mais um ou dois adjetivos
[aqui) inacreditavelmente disfuncional
Deve ser isso

Constelação âncora

Propriedade de um corpo
que reage
à ação de outro corpo

Ação ou efeito de
resistir
não ceder sem antes
sucumbir

A alegria que dá
a bandeira agitada que sofre
as carícias do sol do cerrado

O grito que o vento maneja
retumba consigna
composta
tal qual um poema político
— este?

Corpos tesudos delícia,
retornam à casa bandeira
dobrada num
banco qualquer do busão

Cheiro de merda
na estrada
sem jamais ter deixado de
estar
colado
aos nossos próprios bigodes

Cortes

Quatro anos sem ir ao cabeleireiro
por motivo algum que não
a impossibilidade de escolher
Pergunta o profissional:
está apegada ao comprimento?
Estou apegada ao comprimento, profissional
e apegada à rigorosa necessidade de
não sair deste salão
me sentindo a covarde mais nova detentora
de um corte conservador

E o que digo:

conserve o comprimento, por favor — estou apegada a ele acho
[que pela primeira vez na vida

Corre a navalha enquanto
pensamentos assumem relevo
velozmente se revezam
na cabeça que sob o cabelo ora se esconde
ora é revelada:

já cortei assim duas vezes;
tô ficando parecida com minha mãe;
tá no meio mas ainda posso pedir pra mudar;
foi isso que pedi mas acho que pedi errado;
quantos cortes será que já tive;
no fim das contas cabelo cresce rápido;
na verdade tá bonito, feia tá minha cara gorda;
que bacana ficou esse despontado assim;
e não é que ele ajeitou o volume?
cresci na época do chapinhado escorrido
mas fazia cosplay de Hermione;
estou pagando caro e não estou aproveitando
a destreza técnica do profissional
porque estou apegada

pela x vez na vida
a uma imagem de cabelo
uma imagem de permanência
uma tentativa de ficar
uma tentativa de ficar alguém
uma tentativa de ficar alguém razoavelmente permanente
não careca, não ruiva, não raspada do lado
não se importando tanto com tanto disso
não escolhendo demais
não escolhendo sempre
orientada pelo medo de escolher pouco
não escolhendo sempre orientada pela dificuldade de decidir
não conseguindo escolher por ter escolhido decidir

não decidindo por decidir escolher
ao acaso

por favor eu quero
um corte
lacaniano

Estrela frágil

Caía a noite e eu me movia
com os membros todos a modo
de alavanca
Me alavancava ao portão, à porta
averiguava o carro que você trazia
com os olhos que levava
em cada um dos meus poros

Era verão todas as noites
e eu
de novo

Olhos em poros
corpo que arranha e lança
olhares risca
faísca
o perfume pra sentir com pálpebras
tijolo molhado
cimento
três semanas de obras na casa
que você, palavras
todo dia adiava
detestava

o cimento queimado
forração de madeira
que eu via só o quente
com meus olhos de palmas
com meus olhos de solas
um elefante todo
ocupando a sala ampla
do lado do avesso da brisa
um beijo
espantando a garganta —

passa raspando

Fiz a bomba para jogar

juntou fucô com flusser:
se alguém nos bloqueia
nos liberta

uma buzzword filosófica
científica narrativa maravilha
a internet
onipresença no mundo
mais que humano
implicações
cosmopolíticas
multiverso metaverso
espaços imersivos
headset
aumentada
normas abstratas
normas
como interface

cuido da pele
tenho minha rotina
limpar

micelar
— elas se juntam facilmente às sujeiras

escrevo com minha própria
energia elétrica
produzo o lápis e o papel
e você só vê
quando eu me falo
(fiz o grampo para grampear)
(fiz a borracha para apagar)

Editorial Paula

Muito fácil encontrar a imagem de uma mulher louca numa revista
quando procuramos pela imagem
de uma mulher
louca
Se não procuramos, não é fácil
acostumadas estão as nossas vistas
às imagens das mulheres iluminadas
montadas
nuas quase nuas
meticulosamente organizadas
para jamais denunciarem a loucura
rigorosamente colocadas, projetadas
pelos homens
suas unhas
sobrancelhas
seu rubor
as suas mágoas
suas filhas
para os homens
nas revistas
Numa imagem de mulher cabem mais de mil palavras desenhadas
[as revistas tal valises para cabê-las: mais de mil vezes fútil
mais de mil vezes surtada

mais de mil vezes louca
tal qual o dirão as bocas de
homens
palavras, palavras de homens
assim que precisem pintar tais quadros
pintando quadros em que dissimulam mulheres em que dissimulam
[a estratégia de nos atarem pelos ovários
à loucura conforme a conveniência
à toda a desnecessidade plantada
como único feminino e incontornável
modo de vida nas capas
das revistas e fora delas

Desistir de desistir

Raízes frágeis de poemas
caules e folhas avançam
boca afora fortes
sem redes

Brotando força imensa
bruta, energiza e pede
descansar no movimento:
atrás do primeiro cansaço
tem outro
tem outro

Brotando sabe lá como
só insistência, moleza amor
desistiu de desistir
está feita
teima
enche a
boca

*

Dada a face da moeda
que ora me cabe encarar
percebo impossível decidir
por um, apenas:
gosto de todos
estes poemas
só posso editá-los
a duras penas

Contingências

Nem o sol
Nem a bíblia
Nem o homem ou
o humano
Nem a terra, nem a guerra
o Salmo 118 ou
"nas tendas dos justos há
jubiloso cântico de vitória:
a destra do senhor faz proezas"
Nem a destra
Nem o pecado
Nem a expiação do pecado
Nada universal ou
A Universal
Nem a água, o oxigênio
Nada
Nada
Nada
Nada
Nem o núcleo
ou uma esfera perfeitamente magnética
Nada
nada

nada
nada como o centro
sem que antes posicione-se
contingente, situado
o periférico —
sem que antes posicione-se
em relações de relações
o acidente

Fuga frustrada número mais uma

Saí de casa com a desculpa de almoçar
— a cozinha sempre muito suja
mas sabia, no lugar não olhado de mim
tratar-se de subterfúgio

Mastigava a carne e planejava:
vitrine da loja de roupas
algo na de cosméticos
passeio na farmácia e coisinhas
preço do sofá
papelaria

Uns três quilômetros até o encontro
derradeiro, com o bloco de papel vegetal
Virando a primeira esquina
"Posso só dar uma olhada, moça?
Sempre passo por aqui
mas nunca entrei":
xícaras de café com estampa "Frida Kahlo"
máscaras de dormir em pelúcia lilás
"Os pijamas estão em promoção, você
não está precisando
de um pijaminha?"

Um prendedor de roupas de madeira
em tamanho gigante e
em um dos lados
pirogravada em caixa alta a palavra
acreditar
Como?

*

ir agora é não voltar, nunca
mais que a água do rio que correu
emerge uma outra,
se volta, lavada:
corrida vivente enfim sucedeu

com esses olhos que
acima
a terra já come,
vi quando
desejei desver:

sem se importar
com a lírica rota
escorrem a gota
e a garota

Á com agá

de haver um jeito
da gente
joar
da gente jogar
em zonas
de hábitos

Novela

Desenovele seus cabelos castanhos
ruídos mecânicos ao fundo
na cena em que ela se derruba sobre o sofá

Destaque-a da filha
da veste larga que entra em cena para servir de atestado
mais uma vez a vemos derrubar-se
criança úmida chora à esquerda superior do quadro

Chamei um carro que me levasse ao shopping
grande onda de peças de roupas que me respiram
ambiente fresco perfume de alguma data que não sei bem
Sapatos me sorriem, vão também surfá-la

Toda a tragédia que emergirá como afluente da correnteza dela

Filha criando a vida com suas linhas
toda tragédia que emergirá como afluente da correnteza da mãe
Cabelos castanhos
soltos
enovelados

não

Pílulas e ruídos mecânicos ao fundo
ora ela as engole a seco
ora as nega
pílulas para a mulher cor de cobre
silhueta contra céu again

Toda a dor e a cena
em que ela mais uma vez se derruba sobre o sofá
os produtos da sua ousada alegria.
A filha irrompe
enérgica de não mais poder
culpar a geladeira vazia da infância (azul)
a mãe desfaz-se em fumaça cenográfica
a outra geladeira vazia (marrom)
criança úmida chora à direita inferior do quadro:
eclodem evidentes produtos da ousadia dela
alegria dela

ela

Dias em que tomo as pílulas, dias em que as rejeito
histórias que contam todas iguais
cabelos castanhos, cabelos pintados
geladeiras modelos

Franga

Atravesso as horas na tentativa de libertar-me de um invólucro plástico que me recobre o corpo. Amanheço, sou um frango resfriado embalado em plástico filme, lentamente retomando a consciência e dando-me conta da minha prisão maleável. Entardeço, ave investigativa, experimentando articulações e alavancas dobra-músculo que, no equilíbrio entre sentir e projetar, ampliem o intervalo entre essas suas duas peles. Anoiteço, franga investindo as forças que lhe restam na ação de
ESGARÇAR

É no instante seguinte que a rompedura nos aguarda
sempre após o próximo segundo
sempre sempre morando no imediato depois —

futuro que, concomitantemente
desejamos e evitamos

Jardim de vidro e composição

Meu pé pisa meu peso sobre a boca de um copo de vidro
O outro também: estou em pés sobre copos de vidro
É vidro ou cristal isso?
Copos de variadas formas e tamanhos
copos de vidro
cristal é a mesma coisa, né
longos e curtos
estreitos
listrados
é um jardim de copos
é um passeio por um jardim de copos
mas é também como ir escolhendo as melhores pedras para pisar
as melhores partes
das melhores pedras
o meu melhor jeito de pisá-las
minhas melhores danças com os braços para
o equilíbrio
desequilíbrio

Levo comigo um regador prateado
rego o jardim de copos enquanto passeio
saltitante
copos meio cheios

meio vazios um jardim
ensopado de copos de vidro e água
encontro
pontos de brilho
transluzentes como se espera
cristalino é tudo
brilho
encantador

Chica, vizinha de infância
na verdade chamada Clarice
com os dois pés sobre o vaso sanitário
a louça partida
cortada a artéria femoral
Chica sangrando no banheiro até morrer

Perfeito para enterrar

Batemos os pés no chão para levantar poeira.

Outrora toda espécie de matéria sólida
as agora partículas aventam nossos passos
e sorrimos — veem-se as gengivas

Até os filhos das famílias bem-dispostas
fizeram ventar o rés do chão
quando crianças, como crianças
se não quando se deu
o indeglutível

Até os filhos das famílias raras

É como com os gatos —
buscamos o fundo do chão para
buscamos o fundo do chão e
resiliente, a energia reanima:
fúria redistribuída brilha
residual fragmento
funcional como uma lâmina ou
perfeito para enterrar

Nunca jamais concluir uma conversa sobre um determinado tema

Uma pausa a mais para ouvirmos
os semáforos peatonais cantarem
como os tais pássaros verdes

Seu próximo passo cessa também a gravidade
de toda a história
da guerra civil espanhola
da guernica e um gozo que nunca fez frente
ao seu timbre, ao seu grave
entrecortado pelas franjas de segurança
que aparecem para dar um jeito nesse rolo todo, agora

Deixa pra lá

É mês pra framboesas, você também me avisa
eu já buscando meios de saber se você tem novos projetos
oportunidades que me ajudem com o check list do mapa deste país
para onde fugimos das cicatrizes de gilete em formato de coração
para onde escapamos para não nos vermos embrulhados, rasgados
[em papel brilhante
onde buscamos apagar paradoxos com as palmas das nossas mãos —

onde não buscamos nada
na verdade
a não ser qualificação profissional

É a corrida por diplomas, eu saio correndo disso que aí está
mas me estafo e renasço em metrópoles descompostas
[eu descomposta]
é
essa conversa é um pingo de luz
sem meios-tons
não sei como dizer para que não acabe nunca
para que não sejamos juntos
e que não tenhamos um comportamento redobrado
que destaca a vida em duas
(como um adesivo que descola, devo dizer)
para que eu possa dormir sem que o seu timbre timba timba
para ver a guernica
a paz, a guerra
e todos os 50 anos que me restam

Storyteller de mármore

Produzimos um zíper prateado e robusto
que costuramos sobre sua boca
para que eu o abrisse quando buscasse
acesso
à sua língua

Eu ruminava um longo colar de pérolas
minha boca cheia dizia palavras repetidas
palavras nativas de outras estórias

palavras coletadas em textos
saíam de minha boca estufada
depois de roçar obstáculos
— eu ruminava pérolas

Sua língua, mais que estendida
espontânea ao mero sinal da fenda
tantas palavras prateadas, robustas
tecendo fio até a minha goela

Era bom ter a escolha de trancá-la

O meu poema político

cometi um poema político
eu juro
use-o
aqui está
soa limpinho mas
traz sangue
aqui, ó
soa tão alvo é um
molotov na garrafa de coca
é um
sem-sentido como o é um
dia
todos
como o é um
abridor de latas lustrado
enfastiar-se à mesa da janta
reerguer-se para ir dormir

cometi um poema político
ops, disse aquela palavra
não pode
é só um poeminha
palavroso

atiro-o contra a parede e ele
volta
a me acometer
o poema depõe contra mim
cometi a cometeção de um poema
político, eu juro
tem sangue aqui sob
as minhas pequenas unhas

cometi um poema político
sentia ódio, mas disse
"flor"
fui ao twitter e pedi mais ódio
no facebook também
mas ninguém me lê por lá
eu havia ido à ocupação mas disse
"flor"
tinha ido à reunião mas disse
"flor"
e usei o poema
para sacar uma
rolha

Que dá pra fazer com as lembranças

Reviro os olhos fechados —
esforço para rever modos

Passa uma nuvem nova e
no que passa
corpo é outro

Derrama no espaço articuladas
curvas atrás do tempo
claras como o talvez anunciado
quando ainda avançávamos.

* * *

■ primeira edição
■ outubro de 2022